AF417416

contraescrita

UM PEQUENO MAL POR UM GRANDE BEM

(Contos Filosóficos)

Voltaire

(François-Marie Arouet)

Traduzido do Francês por:

Philipe Pharo da Costa | Fabiana Ribeiro

Autor: Voltaire (François-Marie Arouet)

Tradutores: Philipe Pharo da Costa | Fabiana Ribeiro

Título: Um Pequeno Mal Por Um Grande Bem (Contos Filosóficos)

Títulos dos Contos: O Carregador Zarolho | Cosi-Sancta

Títulos Originais: Le Crocheteur Borgne (1746) | Cosi-Sancta (1746)

Coleção: Série Grandes Autores (Vol. I)

Revisão: Fabiana Ribeiro | Filipe Faro da Costa (20 setembro 2019)

Imagem de Capa: ContraatircsE

Design de Capa e Interior: Contraatircse

Produção: Contraatircse

1ª Edição – 21 de julho de 2019

AO 1990

Depósito Legal: 458972/19

ISBN-13: 978-989-54130-9-6

Contacto para encomendas a retalho: ContraatircsE@gmail.com

ÍNDICE

PREÂMBULO

Estes dois contos de Voltaire foram escolhidos pelo tradutor por serem demonstradores do estilo filosófico, e do humor crítico e até cínico, do autor iluminista francês, pseudónimo de François-Marie Arouet.

Ambas as histórias tratam a definição filosófica do Bem em oposição à religiosa, colocando à prova o conceito em diferentes situações. Voltaire confrontava assim, risivelmente, a igreja e a religião católica pela sua rigidez de pensamento e incapacidade de adaptar o Bem à necessidade de distintas circunstâncias.

Em *O Carregador Zarolho* descobrimos um carregador afortunado com a sua condição que, por circunstâncias da vida, vai ao encontro de uma bela donzela, oposta à sua classe.

Em *Cosi-Sancta*, uma jovem mulher muito ciosa da sua virtude é colocada à prova em três situações inusitadas.

Philipe Pharo da Costa

I

À Une Jeune Veuve

Voltaire

Jeune et charmant objet à qui pour son partage
Le ciel a prodigué les trésors les plus doux,
Les grâces, la beauté, l'esprit, et le veuvage,
Jouissez du rare avantage
D'être sans préjugés, ainsi que sans époux !
Libre de ce double esclavage,
Joignez à tous ces dons celui d'en faire usage ;
Faites de votre lit le trône de l'Amour ;
Qu'il ramène les Ris, bannis de votre cour
Par la puissance maritale.
Ah ! ce n'est pas au lit qu'un mari se signale :
Il dort toute la nuit et gronde tout le jour ;
Ou s'il arrive par merveille
Que chez lui la nature éveille le désir,
Attend-il qu'à son tour chez sa femme il s'éveille ?
Non : sans aucun prélude il brusque le plaisir ;
Il ne connaît point l'art d'animer ce qu'on aime,
D'amener par degrés la volupté suprême :
Le traître jouit seul… si pourtant c'est jouir.
Loin de vous tous liens, fût-ce avec Plutus même !
L'Amour se chargera du soin de vous pourvoir.
Vous n'avez jusqu'ici connu que le devoir,
Le plaisir vous reste à connaître.
Quel fortuné mortel y sera votre maître !
Ah ! lorsque, d'amour enivré,
Dans le sein du plaisir il vous fera renaître,
Lui-même trouvera qu'il l'avait ignoré.

Voltaire, Épîtres, stances et odes

A Uma Jovem Viúva
Voltaire

Jovem e encantador objeto a quem por sua partilha
O céu ofereceu os tesouros mais doces
As graças, a beleza, o espírito, e a viuvez,
Desfruta de rara vantagem
De ser sem preconceitos, ainda que sem esposo!
Livre dessa dupla escravatura,
Unindo todos os seus dons para os usar;
Fazei de vosso leito o trono do amor;
Que devolve o Riso, banido de vosso coração
Pela posse matrimonial.
Ah! Não é no leito que um marido se denuncia:
Ele dorme toda a noite e ruge todo o dia;
Onde lhe chega por maravilha
O que a natureza lhe suscita por desejo?
Não: sem qualquer prelúdio abrutalha o prazer;
Ele nada conhece da arte de alentar a quem ama,
De amenizar por degraus a volúpia suprema:
O traidor desfruta sozinho… se entretanto desfrutar.
Longe de vós todas as relações, até com o próprio Pluto[1]!
O amor se encarregará de cuidar de vosso porvir.
Vós descobristes precisamente aqui o dever
No prazer que vos resta experimentar.
Tal fortuna mortal será vosso mestre!
Ah! Quando o amor inebria
No seio do prazer ele vos fará renascer,
Ele mesmo buscará quem o ignorou.

(Tradução: Philipe Pharo)

---

[1] Pluto: deus grego da riqueza

O CARREGADOR ZAROLHO

Nos dois olhos não reside uma melhor condição; um serve para ver o bom, e o outro os males da vida. Muitas pessoas têm o mau hábito de fechar o primeiro, e muito poucas conseguem fechar o segundo, eis porque há tanta gente que prefere ser cego do que ver tudo aquilo o que vê. Felizes são os zarolhos que não são privados mais que desse olho maldito que arruína tudo para o que se olha! Mesrour é disso um exemplo.

Era preciso ser-se mesmo cego para não ver que Mesrour era zarolho. Ele era-o de nascença, mas era um zarolho tão contente da sua condição, que jamais havia afirmado desejar ter um outro olho. Não eram as dádivas da fortuna que o consolavam pelos erros da natureza, como ele era um simples carregador, não tinha outro tesouro que não seus_ombros; mas ele era feliz, e ele revelava que um olho a mais e igualmente a compaixão a mais, contribuíam muito pouco para a felicidade. O dinheiro e o apetite chegavam-lhe todos os dias na proporção do exercício que ele fazia. Trabalhava de manhã, comia e bebia de tarde, dormia à noite, e olhava todos os seus dias como um entretanto de vidas separadas. Por sorte que o sonho do porvir não lhe criava problemas perante o regozijo do presente. Ele era, como vós podeis ver, ao mesmo tempo zarolho, carregador, e filósofo.

Ele viu passar por acaso uma charrete brilhante onde ia uma alta princesa que tinha um olho a mais do que ele, o que não o impediu de a achar tremendamente bonita; e, como os zarolhos não são diferentes dos outros homens que têm um olho a mais, ele perdeu-se de amores por ela. Diríamos que, quando se é carregador e zarolho, não vale a pena apaixonarmo-nos, sobretudo por uma belíssima princesa, que, ainda por cima, é dotada de dois olhos. Eu considero que pode ser preocupante o risco de desagradar, contudo, como não há limites para o amor, e o nosso carregador estava mesmo apaixonado, aguardou-a. Como tinha mais pernas do que olhos, e como essas estavam boas, ele seguiu a charrete da sua deusa por umas quatro léguas, tracionada por seis grandes cavalos brancos a grande velocidade. A moda nessa época, entre as senhoras, era viajar sem lacaio e sem cocheiro, e de se desenrascarem por elas mesmas. Os maridos queriam que elas estivessem todos os dias sozinhas a fim de terem mais certezas da sua virtude, o que se opunha diretamente ao sentimento dos moralistas, que diziam não haver qualquer forma de verificar a virtude na solidão.

Mesrour corria todos os dias junto das rodas da charrete, e rodava o seu olho bom para as proximidades da dama, esta, por sua vez, estava surpreendida por ver um zarolho com tal agilidade. Enquanto ele provava ser infatigável para aquela que amava, de repente, uma fera perseguida por caçadores, atravessou-se no meio do caminho e assustou os cavalos, que tomaram o freio nos dentes, e atiraram a bela dama por um precipício abaixo; o seu novo amante, mais assustado do que ela, e ela estava bastante, cortou as rédeas com uma perícia assinalável. Os seis cavalos brancos caíram sós ao precipício e a dama, que não estava menos branca do que eles, foi tomada pelo medo. "Sejais vós quem fordes," disse-lhe ela, "jamais esquecerei que vos devo a vida; pedi-me tudo o que quiserdes; tudo o que possuo é vosso. – "Ah! Eu posso por muito mais razões oferecer-vos outro tanto, mas ao oferecê-lo, oferecer-vos-ei sempre menos: porque eu tenho apenas um olho, enquanto que vós tendes dois, mas é um olho que vos vê e vale mais que dois olhos que não olham os vossos." – respondeu Mesrour.

A dama sorriu, pois, os galanteios de um cego são sempre galanteios, e os galanteios fazem sempre sorrir uma dama. "Eu gostaria bem de poder dar-vos um outro olho", disse-lhe ela, "mas só vossa mãe vos poderia oferecer tal presente. Segui-me todos os dias." Com estas palavras, ela desceu da sua charrete e continuou a estrada a pé. O seu pequeno cão também desceu, e marchou a pé ao seu lado, ladrando à estranha figura do seu escudeiro. Estou errado ao dar-lhe o título de escudeiro porque, embora ele oferecesse o seu braço, a dama nunca o aceitaria, sob o pretexto deste estar imundo; e vós havíeis de ver qual era o desfralde do seu asseio. Ela tinha uns pés muito pequenos, e uns sapatos ainda mais pequenos que os seus pés, de modo que ela não foi feita nem calçada para aguentar uma caminhada muito longa.

Os pés bonitos consolavam umas pernas débeis, como quando se passa a vida sobre uma *chaise-longue* no meio de uma multidão de pequenos mestres; mas a quem servem os sapatos bordados em lantejoulas para caminhar um caminho pedregoso, onde eles não possam ser vistos que salvo por um carregador, e para mais por um carregador que tinha apenas um olho? Mélinade (é o nome da dama, que eu tenho os meus motivos para não ter referido até aqui, porque ainda não estava decidido) avançava como podia, maldizendo o seu sapateiro, rompendo os seus sapatos, esfolando os seus pés e fazendo entorses a cada passo. Ela já tinha passado uma hora e meia a caminhar no trilho das senhoras de classe, é como dizer que ela já tinha percorrido um quarto de légua, quando tombou de fadiga no preciso local onde estava.

Mesrour, a quem ela havia recusado o socorro enquanto estava de pé, hesitou em voltar a oferecer-lho, com o receio de a sujar ao tocá-la. Ele sabia bem que não era a pessoa apropriada, a dama tinha-o feito compreender isso muito claramente, e a comparação que ele havia feito no caminho entre ele e a sua senhora tinha-o feito ver isso ainda mais claramente. Ela tinha um vestido de um tecido leve e prateado, semeado de grinaldas de flores, que permitiam que toda a sua beleza resplandecesse; e ele tinha um surrão castanho, manchado em mil lugares, furado, remendado de forma a que as peças estivessem junto aos buracos, de maneira a manter a união do tecido; ele havia comparado as suas mãos nervosas e cobertas de calos com as duas pequenas mãos mais brancas e mais delicadas que lírios; por fim ele havia visto os belos cabelos loiros de Mélinade, que surgiam através de um leve véu de gaze, revelando-se uns em tranças e outros em caracóis, e ele não podia colocar ao lado deles uma crina negra, eriçada, crespada, e cujo único ornamento que possuía era um mero turbante rasgado.

Com isto, Mélinade tentou voltar a pôr-se de pé, mas ela tombou novamente de seguida, e infelizmente, o que ela deixava transparecer a Mesrour, retirou-lhe a pouca razão que a visão do rosto da princesa lhe tinha permitido. Ele esqueceu que era um carregador, que era zarolho, e já não pensou na distância que a sorte tinha colocado entre ele e Mélinade; ele mal se lembrava que era apenas um amante pois ficou a dever bastante à delicadeza que se espera ser inseparável de um verdadeiro amor, o que o tornava por vezes charmoso e, mais frequentemente, enfadonho. Ele fez uso dos direitos próprios de um carregador e não ficou a dever nada à brutalidade, foi brutal e feliz. A princesa estava inconsciente, sem dúvida, ou então simplesmente lamentava a sua sorte; mas como ela era justa, com certeza bem-disse o destino de que toda a infelicidade leva à consolação.

A noite tinha estendido os seus véus pelo horizonte, e escondia na sua sombra a verdadeira felicidade de Mesrour, e os supostos infortúnios de Mélinade; Mesrour apreciava os prazeres dos verdadeiros amantes, e eles agradavam ao carregador, é como quem diz (para vergonha da humanidade) da forma mais perfeita; as fragilidades de Mélinade faziam-na retrair-se a cada instante, e a cada instante o seu amante reprimia as forças. "Poderoso Maomé!" – disse ele como um homem devoto, mas mau católico – "Nada falta à minha felicidade além de ser sentida por aquela que a causa; enquanto eu estiver em teu paraíso, divino profeta, concede-me um favor, o de um dia ser aos olhos de Mélinade o que ela é para mim;" Ele parou de rezar, e continuou a desfrutar. A aurora, sempre muito diligente para com os amantes, surpreendeu Mesrour e Mélinade no mesmo ato em que ela mesma poderia ter sido surpreendida antigamente com Titono; mas qual não foi o espanto de Mélinade quando, ao abrir os olhos aos primeiros raios-de-sol do dia, viu-se num lugar encantado, com um jovem homem de porte nobre, cujo rosto se assemelhava ao astro cujo regresso a Terra aguardava! Ele tinha as bochechas rosadas e lábios de coral; os seus grandes olhos ternos e vívidos ao mesmo tempo, expressavam e inspiravam a volúpia; a sua aljava de ouro, ornamentada com predarias, estava suspensa nas suas espaldas, e o prazer foi apenas o soar das suas flechas; a sua longa cabeleira, presa com um laço de diamantes, flutuava livremente por cima do seu torso, e um tecido transparente, bordado a pérolas, servia-lhe de lençol, e não escondia absolutamente nada da beleza do seu corpo.

"Onde estou eu, e quem sois vós?" Gritou Mélinade perante tamanha surpresa. – "Vós estais," respondeu ele, "com o miserável que teve o prazer de vos salvar a vida e que foi tão bem pago pelas suas penas."

Mélinade, ainda pasmada com a surpresa, lamentava-se da metamorfose de Mesrour não se ter dado mais cedo. Ela aproximou-se de um palácio brilhante que lhe chamava a atenção, e leu a inscrição que tinha na porta; "Afastai-vos, profanos. Estas portas somente se abrirão para o dono do anel."

Mesrour aproximou-se por sua vez para ler a mesma inscrição; mas ele viu carateres diferentes, e leu as palavras: "Bater sem medo." Ele bateu, e de repente todas as portas se abriram sozinhas com um grande ruído. Os dois amantes entraram, ao som de mil vozes e de mil instrumentos, atravessando um vestíbulo em mármore da ilha de Paros; daí eles passaram para uma sala soberba, onde os aguardava um delicioso festim ao fim de mil duzentos e cinquenta anos, sem que nenhum dos pratos tivesse arrefecido. Eles sentaram-se à mesa, e foram servidos por mil escravos da mais estrita beleza, a refeição foi intercalada com concertos e danças; e, quando chegou ao fim, vieram todos os génios perfilando-se na mais rigorosa sequência, separados por diferentes grupos, com as suas vestimentas tão magníficas quanto peculiares, juravam fidelidade ao dono do anel e beijavam o dedo sagrado que o ostentava.

No entanto, em Bagdade, havia um muçulmano muito devoto que, não podendo ir lavar-se à mesquita, fazia vir a água da mesquita até ele, à condição de uma pequena taxa que ele pagava ao sacerdote. Ele vinha de fazer a quinta ablução, para se dispor para a quinta oração; e a sua servente, jovem tonta muito pouco devota, desembaraçou-se da água sagrada atirando-a pela janela. Caiu num amaldiçoado sono profundo num canto dum marco que lhe serviu de cabeceira. Ficou encharcado, e despertou. Era o pobre Mesrour, que, retornando da sua estadia encantada, havia perdido o anel de Salomão na sua viagem. Ele tinha deixado as suas soberbas vestimentas, e voltado a vestir o seu surrão; a sua bela aljava de ouro tinha-se transformado em ganchos de madeira, e ele tinha, para cúmulo da desgraça, deixado um dos seus olhos pelo caminho. Ele lembrava-se de que havia bebido na noite anterior uma grande quantidade de aguardente que lhe tinha adormecido os sentidos e incendiado a sua imaginação.

Ele já gostava desse licor. Começava a amá-lo por reconhecimento, e ele retornava alegremente ao seu trabalho, convencido que estava de se empregar, ele gastou o salário que lhe permitia adquirir os meios para voltar para junto de sua querida Mélinade. Outro qualquer no seu lugar estaria desolado por ser um zarolho feio, depois de ter tido dois belos olhos; de ter tido a experiência de ser rejeitado pelos varredores do palácio; após ter provado os prazeres dos favores de uma princesa mais bela que as meretrizes amantes do califa, e de ter estado ao serviço de todos os burgueses de Bagdade, após ter reinado sobre todos os génios; mas, ainda assim, Mesrour não tinha o olho que via o lado mau das coisas.

FIM

COSI-SANCTA

VOLTAIRE

18

É uma máxima falsamente estabelecida que não seja permitido fazer um pequeno-mal quando daí pode resultar um bem-maior. Santo Agostinho partilhava inteiramente dessa opinião, como é possível constatar na récita desta pequena aventura na sua diocese, no procônsul de Septimus Acindybusm, e registado no livro da "Cidade de Deus" *(Cité de Dieu)* de Pierre Bayle.

Havia em Hipona um velho vigário, grande inventor de confrarias, confessor de todas as jovens raparigas da vizinhança, e que passava por ser um homem inspirado por Deus dado que ele se dedicava a dizer fortunas, profissão na qual se superou bastante.

Um dia trouxeram-lhe uma jovem rapariga chamada Cosi-Sancta: era a mais bela pessoa da província. Ela tinha um pai e uma mãe jansenistas, que a tinham criado dentro dos princípios da virtude mais rígida; e de todos os amantes que ela teve, nenhum lhe pode sequer causar, nas suas orações, um único momento de distração. Ao fim de alguns dias ela foi concedida a um pequeno velho tísico, chamado Capito, conselheiro no tribunal judicial de Hipona. Era um pequeno homem rude e tristonho, que carecia de espírito, mas que era arisco na conversação, troçador, e bastante desagradável; invejoso como um veneziano, e que por nada neste mundo se iria acostumar a ser amigo dos galanteadores da sua mulher. A jovem criatura fazia tudo o que podia para o amar, porque ele tinha que ser o seu marido; ela devotou-se-lhe com a melhor das fés, e mesmo assim não obteve sucesso.

Ela foi consultar o vigário, para saber se o seu casamento seria feliz. O bom homem disse-lhe com um tom profético: "Minha filha, a tua virtude causará muitas desgraças; mas tu serás canonizada um dia por teres sido infiel três vezes ao teu marido."

Tal oráculo surpreendeu e embaraçou cruelmente a inocência da jovem rapariga. Ela chorou; exigiu-lhe uma explicação, crendo que as suas palavras escondiam um qualquer sentido místico; mas a única explicação que lhe deu foi que as três vezes não deveriam ser entendidas como três encontros com o mesmo amante, mas como três aventuras diferentes.

Então Cosi-Sancta entrou em pé-de-guerra; ela disse mesmo algumas injúrias ao vigário, e jurou que jamais seria canonizada. Mas ela foi-o, mais tarde, como ireis ver.

Ela viria a casar pouco tempo depois: a cerimónia foi extremamente galante; ela suportou muito bem todos os discursos maldosos com que se teve que haver, todos os equívocos insípidos, todas as grosserias mal embrulhadas que embaraçam ordinariamente o pudor das jovens casadas. Ela dançou com toda a graça com alguns jovens fortes, bem feitos e muito belos, a quem seu marido deitou o olhar mais maldoso do mundo.

Ela deitou-se no leito junto do pequeno Capito, com um pouco de repugnância. Ela passou a maior parte da noite a dormir, e acordou toda sonhadora. Não obstante, a causa do seu devaneio não era de todo o seu marido, mas sim um jovem de nome Ribaldos, que lhe havia passado pela cabeça sem que ela se tivesse apercebido. Esse jovem homem parecia moldado pelas mãos do amor; ele tinha as graças, a ousadia e a vilania; ele era um pouco indiscreto, mas ele apenas estava com os que lhe queriam bem: era a coqueluche de Hipona. Ele tinha virado todas as mulheres da cidade umas contra as outras, e havia estado com todos os maridos e todas as mães. Ele amava o ordinário por leviandade, um pouco por vaidade; mas ele amava verdadeiramente Cosi-Sancta, e a sua paixão era profundamente maior do que a dificuldade que a conquista lhe impunha.

Inicialmente mostrou-se um homem espirituoso, a fim de agradar ao marido. Ele fez-lhe mil avanços, elogiou a sua boa aparência, espírito simples galante. Perdeu dinheiro ao jogo com ele, e tinha todos os dias uma qualquer confidência sobre nada para lhe fazer. Cosi-Sancta achava-o o mais amável do mundo; ela amava-o já mais do que podia imaginar; ela não suspeitava de nada, mas o seu marido suspeitava por ela. Apesar de ele deter todo o amor próprio que um pequeno homem pode ter, ele não deixava de duvidar que as visitas de Ribaldo não eram apenas por causa dele. Rompeu com ele a propósito de um qualquer pretexto maldoso, e afastou-o de sua casa.

Cosi-Sancta ficou extremamente zangada, e não ousou dizer-lho; e Ribaldos, revelou-se mais amoroso ainda perante as dificuldades, passava todo o seu tempo na espera dos momentos de a ver. Disfarçou-se de monge, de revendedor de toucadores, de manipulador de marionetas; mas ele não fez o suficiente para triunfar junto de sua amante, e fez de tudo para não ser reconhecido pelo marido. Se Cosi-Sancta tivesse estado de acordo com o seu amante, eles poderiam então ter procurado os seus meios para que o marido não pudesse sequer supor o seu caso; mas, como ela combatia sua própria vontade e nada havia feito que pudesse provocar arrependimento, ela salvou tudo, exceto as aparências; e o seu marido considerou-a por demais culpada.

O homenzinho, que se encontrava em pura cólera, e que considerava que a sua honra dependia da fidelidade da sua mulher, ultrajou-a cruelmente, e puniu-a simplesmente por ser bela. Ela encontrava-se na mais horrível situação em que uma mulher pode estar: acusada injustamente, e maltratada por um marido a quem ela era fiel, e destroçada por uma paixão violenta que ela buscava superar.

Ela acreditava que, se seu amante cessasse as suas perseguições, o seu marido poderia cessar as suas injustiças, e ela seria, assim, suficientemente feliz para curar um amor que não mais seria alimentado. Neste ponto de vista, ela arriscou-se a escrever esta carta para Ribaldos:

"Se tendes virtude, parai de me fazer infeliz: vós amais-me, e o vosso amor expôs-me à desconfiança e violência de um mestre ao qual me entreguei para o resto da vida. Prouvera Deus que fosse esse ainda o único risco que eu estivesse a correr! Por piedade a mim, cessai vossas perseguições; eu vos rogo por esse amor mesmo que provenha vossa tristeza e também a minha, e que jamais poderá proporcionar-vos a felicidade."

A pobre Cosi-Sancta não poderia prever que uma carta assim tão sensível, mesmo que virtuosa, produzisse um efeito tão contrário àquele que ela esperava. Ela havia inflamado mais do que nunca o coração de seu amante, que resolveu arriscar a sua vida para ver a sua amante.

Capito, que foi louco o suficiente para querer ser advertido de tudo, e que tinha bons espiões, foi avisado de que Ribaldos estava disfarçado de Padre das Carmelitas a fim de reclamar a caridade de sua mulher. Ele viu-se perdido: imaginou que o hábito d'um Padre das Carmelitas era bem mais perigoso que qualquer outro para a honra de um marido. Ele enviou gente para espancar o Padre Ribaldos e foi realmente muito bem servido. O jovem, ao entrar na casa, foi recebido por esses senhores; ele clamou ser um padre das carmelitas verdadeiramente honesto, e que não se podia tratar assim tão mal os pobres religiosos, os homens lograram aturdi-lo, e morreu, quinze dias depois, devido a um golpe que o havia atingido na cabeça. Todas as mulheres da cidade o choraram. Cosi-Sancta ficou inconsolável;

o próprio Capito estava raivoso, mas por um outro motivo, pois ele tinha agora um verdadeiro problema em mãos.

Ribaldos era parente do conselheiro Acindynus. Esse Romano queria executar uma punição exemplar por esse assassinato, e como ele tinha tido outrora algumas querelas com o Tribunal Judicial de Hipona, ele não teria qualquer problema de mandar pendurar um conselheiro; e estava contente com a sorte que havia calhado a Capito, pois era de longe o mais vaidoso e o mais insuportável magistrado do país.

Cosi-Sancta tinha visto o seu amante ser assassinado e agora ia ver o seu marido enforcado, e tudo isso por ter mantido a sua virtude, porque, como já vos havia dito, se ela tivesse cedido os seus favores a Ribaldos, o marido poderia ter sido iludido de uma forma muito melhor conseguida.

Aí está como a primeira metade da premonição do vigário foi cumprida. Cosi-Sancta relembrou-se então do oráculo, e temia imenso vir a cumprir o resto, mas tendo feito uma profunda reflexão sobre como não se pode contrariar o destino, ela entregou-se à Divina Providência, que a conduziu ao derradeiro fim pelos caminhos do mundo mais honesto possível.

O conselheiro Acindynus, era um homem mais debochado do que voluptuoso, divertia-se muito pouco com os preliminares, brutal, familiar, verdadeiro herói de guarnição, muito temido na província, e com quem todas as mulheres de Hipona haviam tido um caso, unicamente por não poderem lutar contra ele.

Ele fez com que Madame Cosi-Sancta fosse a sua casa. Ela chegou em lágrimas; mas era feita de muitos encantos. "Vosso marido, madame," disse-lhe ele, "vai ser enforcado, e tem-vos apenas a vós para o salvar." – "Darei a minha vida pela dele." retorquiu a dama. – "Não é isso o que vos pedimos." replicou o conselheiro. – "E que pretendeis vós então fazer?" perguntou ela. – "Quero não mais que uma de vossas noites." retomou o conselheiro. – "Elas não me pertencem." disse Cosi-Sancta, "É um bem que pertence a meu marido. Eu darei o meu sangue para o salvar, mas não vos posso dar a minha honra." – "Mas se vosso marido o consentir?" questionou o conselheiro. – "Ele é que é o meu mestre." respondeu a dama, "Cada um faz de seus bens o que entende. Mas eu conheço meu marido, e ele não fará tal. É um pequeno homem testudo e teimoso, pronto a preferir deixar-se enforcar do que permitir que me toquem com a ponta de um dedo." – "Isso é o que iremos ver!" disse-lhe o juiz tomado pela cólera.

De pronto ele fez chegar o criminoso perante si; propondo-lhe ou ser enforcado, ou ser corno: ele não teve qualquer hesitação. O pequeno homenzinho ainda se deu ao descaramento de puxar da orelha. Ele fez enfim aquilo que todo e qualquer outro teria feito no seu lugar. A sua mulher, por caridade, salvar-lhe-ia a vida; e essa foi a primeira de três vezes.

No mesmo dia, o seu filho adoeceu vítima de uma doença absolutamente extraordinária, desconhecida de todos os médicos de Hipona. Havia apenas um que detinha os segredos de tal doença, que, ainda por cima, vivia em Aquila, a algumas léguas de Hipona. Era nesse tempo proibido a um médico estabelecido numa cidade sair para ir exercer a sua profissão numa outra cidade. Cosi-Sancta foi obrigada a ir ela mesma bater à sua porta, em Aquila, com um irmão que ela tinha, e que ela amava ternamente. Pelo caminho ela foi parada por bandidos. O chefe desses senhores achou-a muito bonita; e, como eles estavam perto de matar o seu irmão, aproximou-se dela e disse-lhe que, se ela quisesse ter um pouco de complacência, eles não matariam o seu irmão e que isso não lhe custaria nada. A coisa estava malparada, ela vinha de salvar o seu marido que dificilmente amava; ela iria perder um irmão que amava muito; além disso, alarmava-a o perigo que o seu filho corria; não havia um segundo a perder. Ela recomendou-se a Deus, fez tudo o que lhe pediram, e essa foi a segunda das três vezes.

Ela chegou no mesmo dia a Aquila, e desceu na casa do médico. Era um desses médicos da moda que as mulheres vão procurar quando estão com os calores, ou quando não têm nada. Ele era o confidente de umas, o amante de outras: homem polido, complacente, aliás um pouco perdido na Faculdade, sobre a qual fez muito boas piadas na ocasião.

Cosi-Sancta expôs-lhe a maleita de seu filho, e ofereceu-lhe um sestércio dos grandes. (Tenhais vós em conta que um sestércio dos grandes equivale a mil coroas francesas, ou mais.) "Não é por esse dinheiro que eu pretendo ser pago," disse-lhe o galante médico, "Oferecer-vos-ei eu próprio todo o meu ser, se tiverdes o gosto de vos fazerdes pagar com as curas que podeis realizar: livrai-me somente do mal que me fazeis, e devolverei a saúde a vosso filho."

A proposta pareceu extravagante à dama, mas o destino tinha-a habituado às coisas bizarras. O médico era um teimoso que não pretendia outra paga pelo seu remédio. Cosi-Sancta não tinha o marido por perto para consultar; e, desta maneira, iria deixar morrer o seu filho adorado, por não lhe dar a mais pequena ajuda! Ela tão boa mãe quanto era irmã. Comprou o remédio ao preço que lhe foi pedido, e essa foi a última das três vezes.

Ele retornou a Hipona com seu irmão, que não cessou de lhe agradecer ao longo do caminho, pela coragem com a qual ela lhe havia salvo a vida.

Assim, Cosi-Sancta, por ter sido muito sábia, fez perecer o seu amante e condenou o seu marido à morte, e, por ter sido complacente, preservou os dias de vida de seu irmão, de seu filho e de seu marido. Podemos assim considerar que tal mulher é muitíssimo necessária numa família; foi canonizada após a sua morte, por ter feito tanto bem aos seus parentes ao sacrificar-se por eles, e sobre o seu túmulo gravaram:

UM PEQUENO MAL POR UM GRANDE BEM

FIM

SOBRE O AUTOR

Voltaire, pseudónimo de François-Marie Arouet (1694-1778), nasceu em França, Paris, a 21 de novembro de 1694. Foi um filósofo e escritor francês, e está entre os mais importantes percursores do Movimento Iluminista em França. Nas suas diversas facetas literárias encontramos também um ensaísta, poeta, dramaturgo e historiador. Voltaire, é, a par de Montesquieu e Rousseau, uma das três figuras mais proeminentes do Iluminismo francês.

De 1704 a 1711, foi aluno do *Collège Louis-le Grand*, Paris, uma das mais importantes instituições de ensino da França. Lá iniciou o curso de direito, não o tendo, no entanto, concluído.

Voltaire foi um Liberal cuja ideias se opunham à monarquia absolutista da época e à preponderância religiosa na sociedade, mantendo com estes um confronto ao longo da sua obra.

TÍTULOS DA COLEÇÃO
DEZ MARAVILHAS DE JACK LONDON

JÁ PUBLICADOS

Emil Gluck: O Pior Inimigo do Mundo
Vol. I (3ª Edição)
Jack London
Tradução: Philipe Pharo da Costa

Uma Invasão Sem Precedentes
Ou: A Guerra de Jacobus Laningdale
Vol. II (2ª Edição)
Jack London
Tradução: Philipe Pharo da Costa

O Conto das Mil Mortes
Ou: O Navio da Tortura
Vol. III
Jack London
Tradução: Philipe Pharo da Costa

O Pagão
Vol. IV
Jack London
Tradução: Philipe Pharo da Costa

A PUBLICAR BREVEMENTE

O Vermelho
Vol. V
Jack London
Tradução: Philipe Pharo da Costa

OUTROS TÍTULOS
PUBLICADOS PELA CONTRAATIRCSE

Livro dos Poemas de Fruto Proibido
do Doutor Armando do Sal
e Outros Textos Neoexperimentais
Philipe Pharo da Costa

As Meias do Poeta Victor Nuno de Menezes
e Outros Fragmentos Físico-Teóricos
Philipe Pharo da Costa

Me And The World: Poetry and Fragments
(Bilingual Edition Portuguese-English)
Philipe Pharo da Costa

De Moi Vers Le Monde
(Édition Bilingue Portugais-Français)
Philipe Pharo da Costa

Este Aparelho Deve Ser Instalado
Por Pessoas Competentes
(Primeiro Manual)
Philipe Pharo da Costa

Um Pequeno Mal Por Um Grande Bem
Série Grandes Autores (I)
Voltaire
Tradução: Philipe Pharo da Costa | Fabiana Ribeiro

O Gato Preto
Série Grandes Autores (II)
Edgar Allan Poe
Tradução: Philipe Pharo da Costa